Sa vie mystère

1

Musiques de Dianah Cherop Ngaina :

YouTube Dianah Ngaina
Instagram dngaina

Livres de Jean Pierre Ceton :

RAUQUE LA VILLE, éd. de Minuit, préface de Marguerite Duras 1980
RAPT D'AMOUR, P.O.L éditeur 1986
LA SUIVE, Imprimerie nationale éditions 1989
PATHÉTIQUE SUN, Criterion éditeur 1991
LA FICTION D'EMMEDÉE, éditions du Rocher 1997
LES VOYAGEURS MODÈLES, éditions Comp'Act 2002
PETIT HOMME CHÉRI, éditions L'ACT MEM 2005
LE PONT D'ALGECIRAS, éditions L'ACT MEM 2006
ENTRETIENS AVEC MARGUERITE DURAS, éd. Les Pérégrines 2012
L'INSATISFACTION, BoD édition 2014
REGARDER LOIN, BoD édition 2015
JAMAIS AUTANT, BoD édition 2016
NOUVELLES DU PASSÉ, BoD édition 2019
OSONS LIBÉRER LE FRANÇAIS, BoD édition 2019
LE PETIT ROMAN DE JUILLET, BoD édition 2020

jeanpierreceton.com

Dianah Cherop Ngaina

Sa vie mystère

récit

Jean Pierre Cetòn

Édition : BoD – Books on Demand
12/14 rond-point des Champs-Élysées, 75008 Paris
Impression : BoD - Books on Demand, Norderstedt, Allemagne

ISBN : 9782322273058
Dépôt légal : mars 2021

Jean Pierre Ceton : Il faut que tu dises tout ce que tu veux dire, pourquoi tu veux parler de ta vie en général, pourquoi tu veux raconter ta vie et tes amours...

Dianah Cherop Ngaina : Je veux parler de l'amour et de mes amours et de toute mon histoire de ma vie avant au Kenya et depuis que je suis arrivée en Europe en 1999, jusqu'à ce jour de 2020. D'accord, c'est une vie un petit peu imaginaire.Il y a des moments que j'ai passés qui étaient très difficiles et puis des moments que j'ai passés comme si je vivais dans un palace. En Europe par exemple, j'avais un copain, mon marathonien, qui me donnait dix mille euros par jour pour le shopping, c'était le papa de ma grande fille Ashley kimungul, Paul kimungul (Kenya runner. Google images). On avait des gens qui travaillaient pour nous tout le temp et des gardes de corps autour de nous ici en Europe et au Kenya aussi.

J'avais d'abord été une fan de lui. Quand j'étais petite je le voyais à la télévision et sur tous les médias avec son ami Paul Tergat qui est aussi mon ami depuis toujours. Mais après pour moi c'était pas facile parce qu'il y avait des journalistes reporters qui nous suivaient tout le temp, cette vie était de plus en plus difficile pour moi, alors je cherchais autre chose. Il aurait voulu que je retourne avec lui au Kenya, mais les droits des femmes là-bas, ça me convenait pas. C'est surtout pour ma fille Ashley kimungul, pour la protéger des médias et protéger ma vie privée aussi, que j'ai préféré rester en France. Pour avoir une vie plus discrète qu'avec lui par rapport aux médias et à la vie people... Moi je pense à tout ce qui peut arriver. Un jour oui, tu as une voiture, tu as une maison, tu as des enfants, tu es une femme heureuse, mais si demain tu perds ton travail, c'est pas facile, tu vas tout perdre, tout ça va très vite et tu as même pas eu le temp de voir la misère arriver.

Aujourd'hui pour moi être en France c'est comme un rêve réalisé parce qu'à un moment de ma vie, depuis que j'avais 5 ans, j'ai rêvé de venir en France. Un rêve d'enfance comme tous les enfants en font, un rêve de réussite, un rêve de princesse, avoir une jolie vie, avec un mari roi des enfants…

A partir du moment où j'ai fini mes études, une chose à quoi j'ai pensé c'était d'avoir des enfants, parce que je voulais pas que dans quelques années, à 50/60 ans, je me dise que je voudrais avoir des enfants mais que ce serait trop tard pour moi déjà. Une chose qui m'a provoqué ce déclic c'est quand j'étais étudiante, je rencontre une femme très gentille, très belle et intelligente, elle avait 60 ans, elle avait tout, mais elle était très malheureuse parce qu'elle avait pas d'enfants, et pour moi elle était un bon exemple. Elle avait pas d'enfants et elle avait envie d'avoir des enfants, mais à 60 ans elle avait passé l'âge. Alors, ce jour-là, j'ai pensé que mon rêve de princesse et surtout mon rêve d'avoir des enfants ça se réalisera si je m'offre moi, mon corps et ma vie à un prince.

Aujourd'hui je suis contente d'avoir mes enfants avec moi, et à côté de moi, c'est tout ce que j'avais rêvé, un rêve de maman. Je suis comme une championne dans une victoire de marathon, et comme une *super woman*, la plus intelligente, la plus belle et la plus forte du monde. Oui dans mon village ils m'appellent *super woman.* Je donne pour beaucoup de choses, à des associations et à des églises, de l'argent que je gagne de mon business au Kenya (50,000 kshs par année). J'aide des associations qui recueillent des enfants et j'aide aussi mes trois mamans qui adoptent des enfants depuis toujours, pour le manger, l'éducation, les assurances, pour l'hôpital, les habits etc. Je suis très respectée dans mon village, et dans mon pays, je suis comme une *queen*, une reine sans titre.

Comment j'ai connu les deux papas de mes enfants ? Tous les deux grâce au marathon. Le premier était marathonien je l'ai rencontré lors d'une épreuve à Paris. On avait le même goût pour courir le marathon. C'est un sport très assouvissant pour moi, il faut avoir beaucoup de forces mentales, c'est pas facile, ça demande des années d'entraînement pour au mieux une heure de victoire et de notoriété, et peut-être parvenir à faire tomber des records. Et aussi pour gagner beaucoup d'argent.

Gagner au marathon, c'est pour moi et pour ma famille, comme aller sur une plage et trouver dans le sable un trésor inestimable qui va changer une vie pour l'éternité. C'est ajouter le drapeau de sa nation aux vainqueurs et déclencher beaucoup de changements comme descendre dans des hôtels de luxe, manger à la même table avec les grands de ce monde, avoir des amis de luxe, changer de maison, vivre une vie de *queen*... Quand on est née princesse, on rêve pas, on vit la vie de princesse, c'est la différence qui change tout.

Gagner un marathon, c'est comme si tu es dans la misère complète et puis que sans prévenir un ange apparait pour te sauver la vie et t'apporter une solution à tous les problèmes que tu avais depuis des années. C'est un peu comme conjurer un sort, échapper à une malédiction. Ou comme aller sur la plate-forme d'une compagnie américaine qui s'appelle Wish qui te propose d'acheter tout ce que tu peux vouloir. Ou bien trouver une baguette magique à utiliser pour tous les jours, comme dans le monde des princesses de Disney. Ou encore se servir du parapluie magique de Mary Poppins avec les enfants.

Gagner le marathon pour quelqu'un de villageois comme moi, c'est pareil qu'aller sur la lune ou partir pour Mars depuis notre planète. C'est quitter son monde, faire le voyage, changer tout le *people*, le langage, le mode de vie...

J'ai commencé à faire le marathon en 2008 avec le club de Nanterre, ensuite je suis allée au club des sports de Villepinte et j'ai arrêté en 2013.

Pour gagner des compétitions de marathon en France c'est la même chose que dans d'autre pays, par exemple tu as besoin d'une licence, d'une assurance et d'un passeport si tu voyages pour faire le marathon dans un pays comme le Kenya. Quand on vient en Europe pour faire le marathon il faut prendre un visa européen, et puis avant il faut trouver un manager et des sponsors pour financer le marathon, pour payer le billet de voyage, gérer diverses questions d'hébergement comme l'hôtel. Et puis il faut aussi des sponsors pour habiller la sportive, une compagnie, un parti. Normalement si le marathonien il fait le marathon pour sa nation alors il voudra mettre le drapeau de sa nation en haut de ceux des autres nations pour que les autres voient qu'il a gagné et en plus qu'on sache s'il a gagné une médaille d'argent ou une médaille d'or.

Le second papa qui s'appelle Franck, est français antillais, voilà je vais au marathon, je faisais le marathon, lui il était là pour regarder le marathon, il est venu me voir et puis il m'a demandé mon numéro de téléphone, je lui dis OK, et c'est comme ça que notre histoire a commencé... Ma fille elle avait 3 mois, la grande, celle qui a 14 ans aujourd'hui. Son papa, Paul kimungul, le papa de la grande, il était parti trois mois après que j'accouche, il m'avait lâché trois mois après la naissance de la grande... Au début je voulais pas en fait, je voulais pas recommencer une histoire d'amour parce que j'avais passé un très mauvais moment avec le papa de la grande qui était parti et donc je voulais pas recommencer cette histoire ni me retrouver seule avec des enfants, et un bébé en plus, et voilà qu'on a fait un enfant... Enfin, pas tout de suite, je voulais pas recommencer une histoire, je voulais juste avoir quelqu'un d'autre. Mais voilà Frank il me demande d'avoir un enfant avec lui et il me propose le mariage carrément immédiatement . Et du coup je lui ai dit oui parce qu' il était gentil, on s'est mariés en 2008. Après je voulais un enfant parce que les mauvais souvenirs d'élever seule ma première fille, les mauvaises perspectives voilà de rester toute seule avec ma grande étaient toujours là. D'abord je lui ai dit que je voulais pas un enfant parce que en fait je pensais retourner au Kenya après le départ du premier papa. Je voulais profiter de mon père, rattraper le temps perdu avec lui, il y avait toujours ça dans ma tête et j'avais envie de d'essayer d'aller vivre là-bas. Mais finalement je décide de ne pas y retourner et j'ai eu une deuxième fille en 2012 alors qui a aujourd'hui 8 ans et qui ce mois-ci fait du cheval avec sa sœur. Les deux elles chantent, elles font des photos modèles, de la danse, elles font beaucoup de choses, c'est des enfants ''génie'', toutes les choses qu'elles touchent se transforment en or, de vraies princesses !

Plus tard, en rêve comme dans la réalité, j'ai été l'amante d'Emmanuel Macron qui était déjà marié avec Brigitte depuis longtemps. En 2017, je rencontre par le plus grand des hasards l'amour avec le président de la France, Emmanuel Macron. Je fais sa connaissance au Palais du Sénat du parlement français où je travaille dans les relations avec le public international. On avait le même passion pour la politique. A tous égards je savais qu'il était la bonne personne pour moi, parce qu'il est jeune, intelligent, généreux et travailleur. Et puis le voir aussi bien dans ses chaussures comme il l'est, pour moi c'était une évidence, il était fait pour moi et pour l'éternité. Comme beaucoup de jeunes filles et de jeunes femmes en France j'étais folle amoureuse de lui, comme beaucoup de françaises je rêvais de faire l'amour avec lui. Alors j'ai été l'amant d'Emmanuel Macron.

Notre amour, ça a commencé comme un jeu, on n'était pas sérieux parce que lui était pas célibataire et il devait faire l'amour en cachette de sa femme Brigitte. Alors j'ai patienté jusqu'à 2019 où il a accepté de me demander en mariage, moi avec mes enfants. Alors pour moi c'était *bahati*, en swahili, une chance. Là, bingo, tout bascule dans le bon sens, une super chance ! Je me suis dit oh-la-la-lala, c'est la chance de ma vie, je veux pas rater ça pour rien au monde, une chance comme ça, ça arrive une fois dans la vie, et tu as ton homme pour l'éternité, pour toute la vie quoi, et il me prenait avec mes enfants, et puis lui du désir il en avait énormément pour moi, rien qu'à me voir il était troublé, une ''métisse babe'', je l'excitais à fond avant même que je bouge. Je ne sais pas pourquoi il m'appelait métisse, je suis bien noire comme il est blanc. Il me voyait métisse comme ma peau peut le paraître sous la douche d'eau chaude. Alors oui, alors je lui ai dit oui pour le mariage, moi sa "babe métisse". J'étais sûre qu'il serait un bon papa pour les enfants. Et puis lui, avant d'être président il était banquier et moi j'étais dans la finance et l'économie. Une bonne personne, homme très "genie", pour avoir pour lui une "babe genious métisse", avenir tout tracé pour les enfants et pour moi. Avant que je prie, j'ai cru que Dieu il m'avait montré que le président devait être mon mari. Mais je crois pas parce que avec Emmanuel rien ne marchait comme j'aurais voulu. Alors je me suis mise à prier et à demander à Dieu sa volonté.

Quand on se revoit en 2019, il était fâché, et moi aussi parce qu' il était toujours marié avec Brigitte. Alors je lui dis, si il veut être avec moi il doit divorcer d'avec sa femme, alors il m'a dit OK. Mais après ma famille, ils se sont opposés à notre mariage parce que Emmanuel Macron ils le trouvent pas sérieux, et parce qu'il a déjà une autre femme. En fait parce qu'ils sont racistes contre le blanc, et pourquoi encore ? Parce que le blanc il était raciste aussi contre les noirs. Problème de génération. Ma famille, elle était pas contente de lui parce qu'il m'avait maltraité en me négligeant avec mes enfants pendant 3 ans d'amour qu'il était toujours avec une autre femme.

Alors là encore, je me demande si c'est la volonté de Dieu, il doit montrer beaucoup de signes de miracles pour me rassurer et puis il doit changer Emmanuel Macron. Après, miraculeusement, il a appelé grâce à Dieu pour dire qu'il était désolé, il voulait qu'on recommence à zéro. En 2020, il m'a donné le château de Versailles comme cadeau pour mon anniversaire...

Je suis aussi sortie avec beaucoup de grand président de plusieurs pays...

Je n'ai pas répondu à une demande en mariage de mon Président qui avait déjà plusieurs femmes. Il en a été très fâché, maintenant il ne m'appelle plus.

-Tu aurais été sa dixième maîtresse?

-Non c'est pas comme ça. Il n'y a pas chez nous l'hypocrisie qu'il y a ici en Europe. Quand un homme prend une maîtresse elle devient une de ses femmes... Parfois j'y repense à mon Président et j'hésite à le rappeler. J'aurais bénéficié des avantages de ses autres femmes. Il m'aurait envoyé chauffeur et limousine pour venir le voir. Et aussi pour que j'aille faire du shopping. Il m'aurait donné 20 000 dollars à chaque fois... Oui c'est vrai j'aurais dû faire l'amour avec lui quand il aurait voulu. Sauf quand moi j'aurais pas voulu, les femmes elles n'ont pas toujours envie de faire l'amour. Le reste du temp j'aurais pu faire ce que je voulais.

Raconter ces histoires d'amour pour moi c'est comme on dit enlever un voile sur ma vie de princesse dont je parle pas beaucoup, parce que je ne peux pas le faire dans ma vie de tous les jours. D'un autre côté, rendre ma vie publique c'est pour moi pas évident parce qu'il y a ma famille et mes amis et tous les autres qui vont lire mon histoire. Il se trouve que je suis une femme différente et très libre, insoumise et indépendante, et pleine de ressources parce qu'avec leur baguette magique, la vie des princesses et des princes est magique.

En même temp j'ai envie de parler de tout et de rien, sans tabou, pour briser les codes et les chaînes. Dans ma vie, j'ai pas de temp à perdre pour les amants et j'ai pas non plus le souci des choses de tous les jours. Je me réveille à 5:00 du matin et me couche à 2:00, pas le temp de dormir davantage ni de grossir de la taille, mon grand-père disait : « le sommeil ça se mange pas ».

Je ne suis pas comme tout le monde qui, tous les jours, il ou elle raconte leur vie mais qui ne pourrait pas la mettre dans un livre… Un livre c'est comme un miroir où tout le monde peut se voir de partout et tous les jours, et même reconnaitre des gens qu'il connait déjà.

Mon deuxième mariage, j'ai un petit peu de difficultés à parler de ça, même maintenant, j'ai encore du mal à en parler parce que ça m'a fait trop mal. Franck était quelqu'un de très violent, un monstre de près de 2 mètres, alors c'était pas facile tous les jours. En fait pour moi c'était vraiment un mariage raté dans tous les sens parce que lui il m'apportait rien du tout. Moi je travaillais beaucoup, je faisais le marathon, je ramenais à manger à la maison et le soir c'était toujours les mêmes histoires, il m'insultait et me battait même devant les enfants, c'était insupportable. Je sais qu'il y a beaucoup de femmes qui sont en train de passer des moments comme ça pas faciles de leur vie, qu'elles supportent parce qu'elles sont attachées à l'homme qui les martyrise. Alors elles subissent la violence sur elle et sur les enfants aussi. Pourtant, nous on avait la maison, la vie était très confortable… Maintenant c'est difficile de raconter, même si ce ne sont pas les personnes concernées qui vont lire ce que je raconte.

Je n'en ai jamais parlé à ma famille ni à mes amis, que ça n'allait pas à la maison, parce qu'on était un couple normal. Le soir quand on va voir des amis ou voir ma famille millionnaire, de riches africains depuis des générations, devant mes parents, devant les autres, tout était normal, je leur cachais ma douleur, je cachais les traces de coups que j'avais sur moi. Le soir si j'étais triste je prenais sur moi, j'aime beaucoup la vie, je gardais ça pour moi, je n'en parlais pas avec mes amis, je ne devais pas communiquer ça ni avec mes parents ni avec mes amis. Pour moi si c'était l'enfer c'était l'enfer.

Je suis quelqu'un de très joyeuse et avenante, mais je suis très pudique aussi, ça vient de ma famille en général, parce que déjà je viens de la famille du président du Kenya, le deuxième président du Kenya qui s'appelait Daniel moi Arap. Je suis en même temp de famille modeste et membre d'une grande tribu, Baringo Kalenjin, du côté de ma mère, apparentée au Président. Je suis née à Trans-Nzioa, Kitale. Je suis

Kenyanne, je suis une Africaine, je suis faite de tous mes ancêtres...

Dans notre famille on a appris depuis qu'on était petit à ne pas parler beaucoup avec les gens, à rien dire en public pour protéger la famille et notre vie privée. C'était compliqué parce que moi j'ai pas été élevée par mes parents, j'ai été élevée par mes grand-parents Susan et Cheruiyot Mika. Mon grand-père, il avait fait la guerre en Europe, Mika il était allé en Europe, c'était quelqu'un qui connaissait beaucoup de choses, qui me racontait beaucoup de choses. Quand j'étais petite j'étais très attachée à lui et à ma grand-mère Susan, je leur posais beaucoup de questions. Je croyais que j'avais pas de parents, quand vous avez 5 ans, alors vous pleurez chaque fois quand vous pensez que vous avez pas de parents. Et un jour ma mère elle arrive et elle me demande, tu me connais? Je dis non, tu es la maman de qui? Elle me dit je suis ta maman, et là je lui ai dit non tu es pas ma maman parce que j'ai pas eu de maman moi, et ma mère elle m'a dit je suis ta maman et tu as trois frères et trois sœurs. Là dans ma tête j'étais bouleversée parce que je croyais que ma mère était morte et j'ai commencé à pleurer parce que ma grand-mère elle m'a dit que ma mère elle était vivante et que c'était elle ma maman. En plus elle m'a demandé si je connaissais mon père, j'ai dit non je ne connais pas mon père parce que je n'ai pas de père, elle m'a dit si tu as un père. Elle m'a parlé, ma mère biologique, Peninah Ngaina, elle m'a dit : ton père il travaille à l'Assemblée nationale et moi je suis une femme infirmière. Là je me suis remise à pleurer encore, j'avais des parents et en même temp j'avais souffert beaucoup parce qu' à la maison, chez mes grand-parents, j'avais des blessures à force de travailler avec les gens qui étaient employés. Je me réveillais très tôt le matin pour dormir pas avant minuit, j'étais toute la journée avec les travailleurs chez mes grands-parents, un vrai esclavage. Comme un enfant abandonné, je me réveillais à 5 heures du matin pour me rendre au travail avec les travailleurs, aller nourrir les cochons, et j'allais pas à l'école, Pourtant j'étais très intelligente, quand j'irai à l'école plus tard, j'étais toujours première dans la classe, ma matière préférée, c'était les mathématiques...

Mes grand-parents, ils me demandaient d'aller avec les employés et de les surveiller les employés, demander ça à un enfant de 5 ans, pour moi c'est de la maltraitance d'enfants. Alors quand ma mère est venue me voir, quand elle m'a dit qu'elle était ma mère, c'était comme une délivrance pour moi, et là j'ai dit à ma mère, je lui ai dit que je voulais repartir avec elle. Je voulais plus rester chez ma grand-mère parce que ma grand-mère elle m'aimait pas, il y avait mon grand-père qui m'aimait beaucoup mais il travaillait tout le temp, il était pas souvent à la maison, il avait pas une autre femme à la maison. Et il voyageait souvent dans plusieurs pays en Afrique, il faisait de la politique dans le même temps à sa manière, comme capitaine dans l'armée...

J'ai pas osé lui parler à mon grand-père, les premières fois où je l'ai vu revenir de voyage, des choses qui se passaient, de beaucoup de choses qui étaient en train de se passer chez lui, chez mes grand-parents, parce que chaque fois il me disait que j'étais contente chez eux. Lui, il avait pas envie que je parte, il voulait me garder. Pour mon grand-père, j'étais sa préférée de toutes les petites filles, il me donnait plein de cadeaux. Il était gentil et très généreux avec tout le monde, il aime beaucoup tous ses enfants, il leur donnait sa bénédiction et leur faisait beaucoup de faveurs, il avait un bon cœur, il se fâche jamais avec les gens, ou pour quelques minutes seulement. Il était un bon exemple pour moi, très travailleur.

Mon grand-père lui était aimé par tout le monde dans le pays, ce qui était bon pour moi. Oui mais ma grand-mère elle était pas gentille avec moi parce qu'elle me prenait pas comme sa petite-fille mais comme une servante à la maison, elle me demandait de faire le ménage à la maison, de donner à manger aux employés et de servir les autres à la maison. Ma mère elle... elle était pas au courant de tout ça, elle connaissait rien de ma vie de tous les jours. J'ai demandé à ma mère de partir avec elle, elle m'a tout de suite dit non, tu es très bien et très heureuse chez tes grand-parents, parce que ma grand-mère elle avait expliqué que sa petite fille elle était bien chez elle !!!!!! Et puis elle voyait que mes cousines ou mes frères et sœurs étaient traitées comme des dieux par mes grand-parents. Moi j'étais partagée entre faire plaisir à ma mère, parce que je voulais qu'elle m'aime, et obéir à ma grand-mère qui m'aimait pas. En fait mon idée c'était d'aller à l'école pour partir en Europe, comme mon grand-père, pays imaginaire, pays magique !!!! C'était de me sauver pour étudier à l'étranger et avoir une meilleure vie. Aller surtout là où les gens ils pourraient me comprendre, comprendre que j'avais d'autres talents que faire le ménage à la maison, chez mes grand-parents. C'était de gagner beaucoup d'argent, devenir une des billionnaires du monde, la femme la plus forte et la plus riche du monde...

Alors les premières choses que tu penses et que tu te disais, si un jour, quand j'irai en Europe ou un autre pays étranger, la première chose que je ferai, c'est la première chose que j'ai pensé, c'est de sauver tous les enfants du monde, de protéger tous les enfants maltraités du monde !!!! Je défendrai tous les enfants battus, je me battrai pour pas qu'il y ait de maltraitance d'enfants dans le monde !!!

Alors aujourd'hui je suis en Europe, c'est comme si mon rêve il s'était réalisé, celui que j'ai rêvé depuis que je suis petite quand j'avais 5 ans...

Mais tout n'est pas OK. C'est pourquoi aujourd'hui j'ai décidé de parler de ma vie en général, parce que ma vie c'est comme un miroir où tout le monde se regarde, comme dans plusieurs miroirs de toutes les nations, de tous les pays, de tous les continents. Les miroirs c'est les mêmes partout. Mais pourquoi je dis ça ? C'est parce que dans un miroir le visage il peut se voir de différentes façons d'un moment à un autre, tout se ressemble pas dans les mêmes miroirs. Alors ce livre il est comme un miroir parce que chaque personne peut se retrouver dedans, qu'il soit quelqu'un de pauvre ou de riche, de jeune ou pas jeune, de toutes les couleurs, de toutes les races, qu'il soit quelqu'un de connu ou pas, qu'il soit quelqu'un de n'importe quel continent, de n'importe quel pays.

Alors mon histoire d'amour avec le marathonien kényan Paul kimaiyo kimungul, le père de ma grande fille Ashley, comment on s'est rencontrés? C'est à l'occasion du marathon de Paris 2005. On partageait l'amour du marathon, la résistance que ça demande, le courage aussi. Il faut être très fort mentalement... Après une année, je tombe enceinte, un jour il m'avait dit... On était dans le hall de son hôtel de luxe, il m'a dit viens on va faire l'amour. D'abord je ne voulais pas, c'était la première fois, je n'avais jamais fait l'amour et puis j'ai accepté, on est monté dormir dans son hôtel et on a fait l'amour. J'étais très amoureuse de lui et lui semblait aussi très amoureux de moi. Depuis ce jour-là on ne s'est jamais quittés. Ma mère était fâchée parce que j'étais tombée enceinte hors du mariage. C'était très mal vu. Ma famille voulait me chasser, elle m'a chassée. Mais Paul a demandé ma main à mes parents, on a fait un mariage traditionnel africain kényan. Il a payé la dot, tout correct, tout bien. Pas comme mon père, lui depuis, avec le temp, il a payé la dot, il ne l'avait d'abord pas payée toute suite la dot aux parents de ma mère, ça avait fait toute une histoire. Si tu payes pas la dot, tu peux pas te marier. Ou bien tu dois laisser tes enfants en gage... C'est peut-être pour ça que je suis restée chez mes grand-parents, que j'ai été élevée par eux.

Ensuite après le mariage, on a voyagé beaucoup avec Paul, dans toute l'Europe et dans le monde entier. En 2006 j'ai eu notre... ma grande fille, princesse angel Ashley chepchumba Kimungul. Mais après trois mois, le papa est parti, il m'a quitté, il m'a laissé avec la petite Ashley. On était d'abord allé en Italie. Il n'avait pas les bons documents pour y rester. Et ici, en France, il avait aussi des problèmes de visa, il avait des papiers canadiens, alors son enfant il l'a déclaré au Canada... Lui voulait repartir au Kenya, moi à ce moment-là je ne voulais pas y retourner.

Alors ça n'a pas été facile parce que j'avais pas de travail, je devais faire tout pour ma fille, princesse Ashley... Après six mois, je rencontre Franck Marcel Euphrosyne qui allait devenir le papa de ma deuxième fille Victoria.

Le papa de ma première fille pour moi ç'avait été magique... Il y avait eu un moment très magique, parce qu'il était le premier homme qui m'avait dit qu'il voulait des enfants de moi, et moi aussi j'avais le même rêve d'avoir des enfants. Lui, c'était un homme papa, dans mon village il n'y avait pas un homme comme lui, il était très connu... En fait quelque fois il faut pas regarder que le physique, il faut le regarder peut-être parce que ça compte beaucoup, mais nous les filles on regarde toujours physiquement les choses de façon superficielle, on oublie l'essentiel qui est l'humanité de cette personne. Qu'est-ce que le physique sans tête intelligente ? C'est pas suffisant de voir sa beauté, il y a aussi une beauté intérieure, une beauté d'émotion, une beauté d'intelligence, même quand tu fais l'amour physique, ça existe, ça se sent, ça se comprend...

La France, les Anglais appellent la France le pays de la romance, et des gens de tous les pays de la planète viennent en France à cause de Paris, la ville des romans et du cinéma, la ville des histoires d'amour et des films romantiques, et des lunes de miel.

Ça s'appelle en anglais, *french touch*, tu as trop envie, tu veux devenir français et goûter la cuisine française, parler la langue, rêver de la France quand on parle d'un ailleurs, rêver d'y exercer une profession top de top, de devenir une femme parfaite, ça fait rêver les gens, on regarde les magazines, on regarde sur internet comment on dit, tout ça fait rêver les gens de tous les pays de la même chose, je veux pas dire mais les images d'une belle maison en France avec piscine c'est important...

Alors j'étais en train de parler de la France dont je rêve depuis que je suis petite, c'est parce que maintenant, 21 ans après mon arrivée en France, je suis toujours surprise par chaque chose que je vois ici. C'est carrément différent de l'Afrique, c'est un autre univers, par exemple ici l'hiver aller à la montagne en France, pendant les vacances, c'est pour les sports d'hiver, et j'étais très étonné de voir comment tu peux pas parler de ça au Kenya alors qu'on est quand même avec la Tanzanie le seul pays en Afrique où on a de la neige à la montagne… Si tu veux toujours que je parle de ma vie privée, en fait de ma vie sentimentale, c'est pas évident à parler de cette vie, parce que je sais qu'il y a beaucoup de personnes qui vont se retrouver dedans puisque c'est comme un miroir. Par exemple pour mon beau cousin auquel je pense, en me demandant comment il lira ces histoires. Lui, (Bro massai YouTube), c'était pas un cousin biologique, c'était un enfant adopté par mon père mais il n'y avait pas de différence avec les autres enfants. Pour toute ma famille aussi, d'ailleurs je remercie toute ma famille, tous mes amis, tout mon entourage qui m'a fait tenir toute ma vie depuis que j'ai 5 ans jusqu'à maintenant. Si je suis là aujourd'hui c'est parce que toute la famille et tous mes amis m'ont permis d'arriver là, je leur ai emprunté beaucoup de choses pour vivre ma vie depuis l'âge de 5 ans. J'ai appris à connaître beaucoup de choses comme un enfant de 5 ans, à cet âge tu connais beaucoup de choses, on sait déjà, on comprend tout et on sait tout. Ils savent tout, les enfants de 5 ans. Et moi à partir de 5 ans, je me souviens de tout, c'est comme si c'était hier, je vois ma grand-mère et mon grand-père apporter les petits déjeuners, vraiment comme si c'était hier ou il y a 2 jours, je sens les odeurs de la cuisine de ma grand-mère, je les ai toujours dans la tête, et aussi tout le reste que j'avais dans ma tête à la campagne où habitaient mes grand-parents. Leur maison se situait à peu près sur la ligne de l'équateur, un professeur m'avait appris ça, qu'on foulait cette ligne qui sépare la terre en deux et aussi mon pays, le Kenya, sauf qu'on peut toujours le chercher, l'équateur il n'est pas visible comme une ligne tracée au sol !

Après quelques années, vers mes 17 ans, je suis retournée les voir mes grands-parents, et j'ai aussitôt retrouver les odeurs de la campagne qui m'ont toujours manqué et me manquent toujours. C'est pourquoi aujourd'hui j'aime la nature, c'est cette nature de mon enfance qui m'a laissé toujours voir, comme des amis, des animaux à côté de moi, le lion jouer avec les éléphants, avec les miens à côté de moi c'était... c'était normal, pour moi c'était regarder la nature comme une vidéo avec les animaux oubliés de la forêt. C'était tout ça dans le silence de la forêt, mais aussi avec les oiseaux qui font une montagne de bruits, plein de catégories d'oiseaux aux chants multiples, des oiseaux avec plusieurs milliers de couleurs dans le matin, je les vois encore, je les vois toujours... Un autre jour j'étais à nouveau à la campagne, chez mes grand-parents, Et là j'ai commencé à dessiner des animaux, dessiner des oiseaux de toutes les couleurs. Depuis, chaque fois que je voyage je regarde les couleurs des oiseaux tout comme je me force à entendre la multitude des sonorités différentes qu'ils produisent...

J'avais aussi découvert beaucoup de choses sur les arbres, parfois le matin je partais avec ma grand-mère pour aller chercher des racines d'arbres médicinaux traditionnels africains. Ma grand-mère elle m'a appris que les africains soignent les gens avec les massages et des jus de racines des arbres. Pour moi seule, elle m'a montré comment les gens font les massages et après aussi comment préparer les médecines africaines à boire.

Un jour elle m'a dit : il faut jamais oublier ma petite fille tout ça, si tu fais pas attention ça va disparaître dans quelques années, quand tu auras tes enfants ça n'existera plus.

Les mots de ma grand-mère, la vie dans ma famille, les moments de rigolade avec elle, tous ces souvenirs font partie de moi, c'est mon médicament contre la dépression.

Un jour ma grand-mère elle m'a pris par la main, elle m'a tenu près d'elle, elle m'a serré contre elle, je sais pas si c'était vrai, elle m'a dit que quand elle était petite, elle était déjà grande. C'était magique, ensuite elle m'a dit de la regarder, elle m'a demandé de la croire, qu'elle avait 100 ans, et qu'elle aurait toujours 100 ans !!!

Ma mère aussi elle était venue une après-midi, elle m'avait dit, il faut protéger la nature ma petite-fille, protéger la nature c'est important, parce que de la nature on a tout, de la nature on peut avoir des fruits pour manger, des animaux aussi pour manger, et nous aussi on pourra vivre grâce aux arbres qui nous donnent l'oxygène, avec les arbres qui nous donnent la pluie. Ma mère, elle n'était pas allée à l'école, elle pouvait pas le dire comme moi je peux le dire aujourdhui, mais elle connaissait beaucoup de choses. Ce jour-là, je pensais à écouter le silence pour mémoriser ce qu'elle me disait, mais il y avait trop d'oiseaux qui faisaient du bruit à côté de nous, il y avait des oiseaux de tous les types, dans tous les sens, trop peut-être, notre histoire était aussi tout ça mélangé !

Je vais parler de ma mère. C'est quelqu'un que j'aime beaucoup, on a une relation très fusionnelle. Quand j'avais 12 ans j'étais fâchée avec elle parce que je pensais qu'elle m'avait abandonnée exprès depuis mes 5 ans. Après j'ai réalisé qu'elle m'aimait beaucoup et qu'elle n'avait sans doute pas pu faire autrement...

Dans le village, j'étais plus connue que ma mère. Beaucoup des gens m'adoraient à cause des miracles que je faisais quand j'étais petite. Je guérissais les gens qui étaient malades, surtout ceux qui avaient du mal à respirer. Plus tard quand j'avais entre 15 et 17 ans, mes parents voulaient que je fasse médecine.

Oui mais moi, depuis mon petit âge de 12 ans, je voulais être une sœur, une religieuse, me donner à Dieu. Mais mes parents ils voulaient que j'ai des enfants. Ma mère elle m'a dit que notre famille était une famille chrétienne, alors je devais avoir des enfants, je devais leur faire des enfants, je devais enfanter....

Toute ma vie je me suis donnée pour les autres. Au Kenya, j'ai commencé dans mon village à m'occuper des autres comme une petite sœur de Jésus, et puis quand je suis venue en France je me suis inscrite dans un foyer pour les sœurs et frères prêtres, jusqu'à l'âge de 25 ans où j'ai finalement renoncé à devenir religieuse. J'avais changé en grandissant, j'avais trop envie d'avoir des enfants...

J'ai 3 frères et 3 sœurs, on est 7 dans la famille Ngaina. Ma grande sœur Irine Ngaina, elle a fait l'école de médecine à l'université, Evelyn Ngaina, elle est secrétaire de l'école de médecine, le 3ᵉ est un garçon qui s'appelle Geoffrey Ngaina, il était diplomate au Liban et au Congo, un manager et homme d'affaires, la 4ᵉ c'est moi Dianah Ngaina, sculpture modelage, photos, vidéos, peinture, chanson, modèle photos (alainsnap Google dianah model). La 7ᵉ c'est une fille, Daisy Ngaina, une femme d'affaires avec son mari, le 6ᵉ est homme d'affaires au Kenya Rodgers Ngaina, le 5ᵉ, Willington Ngaina est capitaine de l'armée kényane.

Alors durant toutes ces années j'ai appris beaucoup de choses de la vie, et surtout beaucoup de l'amour. Je vais parler de l'amour mais aussi des amours parce qu'en fait l'amour, c'est vaste. L'amour avec ton mari ou ta femme, l'amour physique ou sentimental, l'amour comme dans les romans, l'amour de ta sœur et de ton frère, il en manque, de ton voisin, l'amour pour les uns les autres… Maintenant j'accepte aussi d'être aimée sur internet où on peut rencontrer l'amour de tout type, y compris virtuel.

Et puis il y a aussi l'amour de Dieu. Je veux parler de Dieu, j'aime toutes les religions, je suis chrétienne, mais toutes les religions c'est la même chose, c'est la même. Les gens, ce qu'ils font, ils prennent plusieurs chemins pour parvenir à la même destination.

J'ai la religion de l'amour qui te fait du bien, pas des prisons de l'amour où tu n'es pas toi-même, où tu peux pas te lâcher. Mais tais-toi, est-ce que tu es amoureuse de toi-même ou est-ce que tu es amoureuse d'une autre personne ? Tu fais partie de ces filles trop fières pour accepter l'amour, trop trop fières de toi, être seule c'est parfait. Peut-être que ne pas arriver à ''matcher'' avec l'autre ça part de toi-même. Tu es pas sûre de tes sentiments, tu as essayé, tu y arrives que si tu te bats contre toi-même. Tu te bats avec l'amour, tu te bats avec les émotions qui te dominent, l'excitation qui te possède quand il te caresse les mains, le dos de tes mains, quand il pénètre ses doigts entre tes doigts et qu'il te dit qu'il aime tes mains parce qu'elles sont bien faites tes mains. Ou quand il s'est mis à masser ton corps de toutes parts, avant arrière, plein de passion amoureuse, riant pour te dire que ton corps il n'est vraiment pas difficile à masser… Et quand il t'a dit qu'il était amoureux fou de toi, quand il s'est mis à entrer en toi, tu arrives à lui dire qu'il est beau, que tu l'aimes énormément.

Peut-être tu perds chaque fois quelqu'un d'important, que tu as laissé partir, quelqu'un qui t'aime, il est déjà parti, des années passent et tu es toujours seule. Tu réussis à survivre toujours toute seule, physiquement tu te trouves si parfaite. Ça va bien, mais il y a le manque de quelque chose, le manque de quelqu'un... Parce que tu as besoin d'amour, tu as besoin de quelqu'un que tu embrasses et qui t'embrasse, de quelqu'un que tu appelles de tous les petits noms d'amour, et qui te les renvoie ces petits noms, mon cœur, mon amour, ma chérie... Même que quand tu les reçois le matin ou le soir, tous ces mots d'amour, tu en es transformée jusqu'à voir la vie en rose.

J'ai besoin de quelqu'un près de moi, tu as besoin de quelqu'un pour t'aider, même si tu te trouves belle matin et soir. Tu as laissé une chance partir sans savoir si elle se représentera un jour. Cette chance que tu as laissé partir, ce n'est pas l'amour, ce n'est pas un enfant, c'est pas l'avenir, même pas l'argent, c'est le tout de l'amour.

Tu regardes derrière toi, tu ne vois rien, alors tu commences à déprimer, tu repenses à toutes les aventures d'amour que tu as eues, à tous les amoureux d'avant, tous les amoureux que t'as aimés, tous ceux qui continuent de t'appeler régulièrement, qui cherchent à te revoir, qui voudraient te reprendre... Et puis tu racontes, waouh, c'est encore moi, je veux lui demander, tu es toujours célibataire ? Oui moi aussi, comme toi j'étais mariée, mais maintenant je suis encore toujours célibataire...

Tu repenses à toute la famille, toute ma famille surtout, c'est seulement quelque chose parce que ta famille, c'est la fin de toi, tu te moules dans ta famille et ça c'est parfait.

C'est là où tu te poses la question du rien. D'avoir rien fait de bien, rien réussi du tout. J'ai raté quelque chose de ma vie. Non, pas tout, il y a quelque chose qui va bien dans ma vie et des choses qui vont mal dans ma vie... A moitié endormie, tu rêves, tu fais un cauchemar, c'est toujours le désir d'amour qui survient à cause tu crois du manque d'amour durant ton enfance. Tu penses à tes parents, tu les vois tous ensemble, tu te vois toi, cette petite fille qui avait envie de tout. Tu te poses trop de questions, du coup tu as pas les réponses dans ta tête, c'est ta tête qui parle toute seule.

Là je suis en train de faire l'amour ou alors j'écris mon journal dans mon cahier sur mes amours... Je me livre dans l'amour... D'abord on est pas obligé de faire l'amour comme tout le monde... On peut faire des préliminaires le sujet principal... Voilà il joue de son gland avec mon clitoris et moi mon clito joue avec son sexe... Surtout il me dit que je suis belle, que j'ai un joli visage, que mes yeux sont beaux. Il parle de mes jolis seins tandis qu'il les prend de ses deux mains ou à pleine bouche... Waouh ! Ça existe l'amour, j'ai envie de faire un film sur mon amour de maintenant. C'est un amour secret, je n'en dis rien, je ne veux pas en parler, je préfère le maintenir secret pour qu'il dure l'éternité, pour surtout pas qu'il se casse et se termine en fracas comme tous ceux que j'ai connus avant. Pourtant je crois toujours au couple qui s'aime énormément. Mais l'amour c'est plus du tout un film romantique quand revient la réalité des choses, avec les conflits rémanents, les erreurs de la vie, les bêtises de la jeunesse, tout ça et tout ça qui reflue et réapparait...

Tu vises un rêve de prince et de princesse d'avoir une vie parfaite. Là tu es en plein amour... Mon nouvel amoureux dit qu'il aime caresser ma chatte et languer mon clitoris.... Qu'est-ce que tu disais, une chance à saisir cette fois-ci ? Je pense avoir en plus beaucoup de la chance, car c'est quelqu'un de bien et moi j'ai confiance en lui. Alors tu réfléchis même pas à deux fois, tu te demandes pas est-ce que je vais lui répondre tout de suite ? Parce que tu sais que c'est une chance que tu as et que tu peux pas en avoir une autre de pareil. Il vient de te baiser ardemment les lèvres de ses lèvres amoureuses… Cette chance tu vas la saisir par le cœur, c'est parfait, par toi-même, faire l'amour encore, toute la nuit.

On a fait l'amour toute la nuit ?

Franchement, ça c'est de l'amour, tu t'embrases d'amour, tu vis avec dès le matin, oui tu te réveilles avec l'amour, tout le temp partout qui te suis, il vit en toi, il vit avec toi tout le temp, l'amour avec toi, tout ça parce que tu le vis en vrai, tu vis l'amour qui t'électrise, qui te porte à tous les moments...

Une chose avec lui qui m'étonne, c'est que tu as envie d'être avec lui tout le temp. Et lui en toi tout le temp... Quand il te raccompagne à ton *house*, il te manque déjà avant même qu'il reparte. Avant même que la voiture a emprunté ta rue, il te manque, alors qu'il est encore à côté de toi, il te manque ! Je t'aime mon Prince, je t'aime énormément...

Aujourd'hui je vais parler de mes parents, ma mère elle travaille comme une infirmière, et mon père il travaille dans la politique nationale à l'Assemblée nationale kényane, voilà ! Et alors depuis que j'avais 5 ans, j'ai été élevée par mes grands-parents. Puis à partir de 12 ans, jusqu'à 17 ans, j'ai vécu chez mes parents. Alors, à cette période, chaque jour, tous les matins, c'était partir avec mon père à l'Assemblée nationale pour travailler et l'accompagner, mon père, et pour faire comme lui dans la politique...

Puis j'ai fait le bac comptabilité, et après mon bac en 1999, je me suis retrouvée avec une invitation pour venir en France et aussi en même temps une autre possibilité pour aller aux États-Unis (Texas University). Et j'ai choisi la France et puis voilà c'est comme ça que mes aventures de France ont commencé en 1999.

L'arrivée ici c'était vraiment tomber de petites surprises en grandes surprises. D'abord parce qu'il faisait froid, c'était le mois de septembre, c'était l'hiver pour moi, et il y avait une grande différence avec chez moi, parce que chez moi il faisait très très chaud et ici c'était froid, et puis c'était pas les mêmes choses, tout était différent, les gens ils étaient différents, les gens ils faisaient pas les mêmes choses qu'au Kenya. Alors ici comment on dit, c'était pas facile, je ne pouvais pas imaginer ça, parce qu'il y avait pas les mêmes choses comme chez nous, En plus, je parlais pas bien le français. Alors il fallait s'adapter à tout, changer de coutume, changer la nourriture, changer les habits, tout ça c'était pas évident, il fallait s'habituer à tout et à la langue, il fallait vite apprendre le français.

Et puis j'ai rencontré des amis à l'université de Nanterre, des étudiants que je retrouvais sur la ligne de métro... Je suis restée à Nanterre pendant 1 ans et puis j'ai étudié à l'école de commerce ELSLSCA, de 2000 à 2005, bac +5 à l'école de commerce privée. J'ai appris beaucoup de choses, j'ai appris à me mélanger avec beaucoup de gens différents, de culture et de traditions de différents pays des différents continents qui forment la terre. C'était tous des enfants de dirigeants du monde, des présidents de tous les continents, avec les meilleurs enseignants dans toutes les matières...

Mon père avait trois femmes, c'était une famille polygame, avec ma mère il a eu 7 enfants biologiques. En plus mon père, Benjamin Ngaina, il a adopté beaucoup d'enfants, déjà quand on était petite, et il a continué jusqu'à sa mort. Depuis, ma mère et mes belle-mères poursuivent son rêve d'adopter des enfants et d'en adopter beaucoup.

De fait j'ai 3 mamans, une maman qui s'appelle Peninah Ngaina, ma mère biologique, puis ma belle-mère, mère adoptive, Jane kitinga Biswel, qui figure sur ma carte d'identité. Et puis j'ai ma belle-mère Angeline qui se bat pour l'héritage de mon père Benjamin Ngaina. Elle a pas eu d'enfant biologique avec mon père mais mon père il a donné l'héritage à elle aussi.

Je viens de la famille du deuxième président du kenya, Daniel arap Moi. J'ai beaucoup de chance d'avoir tout ça, de les avoir tous, d'être de cette grande famille. Ma belle-mère, troisième maman, Angeline, je ne l'aime pas, elle non plus elle m'aime pas, à cause de ce qu'elle a tué mon père pour l'héritage et aujourd'hui elle voudrait prendre tout l'héritage de la famille. En 2019, elle voulait me tuer, ma famille heureusement elle m'a protégée.

Je n'étais pas très proche de ma mère biologique mais maintenant, après être devenue mère, je me suis réconciliée avec elle. Avant j'étais fâchée très fort parce qu'elle m'avait abandonnée quand j'étais *baby* (5 à 12 ans), maintenant ça c'est du passé.

C'est pas facile de parler de mon enfance avec ma mère, parce que je cherche toujours à comprendre pourquoi elle m'avait abandonnée, et pourquoi elle m'a laissée chez mes grand-parents. Parfois je me suis demandée si elle était vraiment ma mère, puisque je ne lui ressemble pas ni à mes frères et sœurs alors que je ressemble beaucoup à mon père. C'est un des mystères de la famille.

Pourtant ma mère aurait pu s'occuper de moi, avec mon papa biologique Benjamin Neuno Ngaina, elle avait une bonne situation financière, parce que mon père travaillait à l'Assemblée nationale. Et puis elle s'occupait bien d'enfants adoptés, elle et mon père, et même ils continuaient d'en adopter alors que moi j'étais chez mes grand-parents…

Après quand je suis revenue à la maison chez mes parents, à 12 ans, c'était pas facile de vivre avec mes frères et sœurs. Dans cette maison tout était différent et il y avait des choses que je devais faire et que je faisais pas chez mes grands-parents où c'est vrai j'étais quand même contente parce que j'étais la seule enfant, une enfant unique. En même temps je m'étais habituée aux affaires de mes grand-parents, qui étaient les parents de ma mère. Leurs *furnitures*, je ne les connaissais pas quand j'étais arrivée chez eux, tandis que les affaires de mes parents je ne les reconnaissais plus parce que j'étais petite à 5 ans quand j'étais partie... Alors j'ai essayé de communiquer avec ma mère, je comprenais qu'elle avait été trop occupée pour venir me voir, et puis les années ont passé, les années ça va ça vient, ça se pousse, et mes parents ne communiquaient pas beaucoup avec moi.

Quand je suis revenue à la maison j'ai essayé de communiquer avec mon père et je dois dire que j'avais pas communiqué avec lui, depuis mes 5 ans jusqu'à 12 ans, alors je voulais essayer de rattraper ce temp perdu... Finalement très vite je me suis adapté à cette famille normale avec mes frères et soeurs, c'était des moments magiques pour moi cette vie de vivre normalement avec des parents. C'était tout pour moi, mes parents, surtout mon père, vu que je ressemblais pas beaucoup aux autres frères et soeurs, mais que j'avais une grande ressemblance avec mon père, comme j'ai dit.

Lui était quelqu'un qui allait toujours à fond dans toutes les choses qui faisaient son plaisir, il aimait la vie beaucoup. Les jours que je passais avec lui, il me faisait comprendre que j'étais son enfant préférée sans le montrer aux autres. Il était vraiment un moteur et un modèle pour moi, un père, un exemple. Il était plus que tout pour moi, devant lui je me voyais comme une reine, une princesse. Même quand il se fâchait parce que je priais. Contre ma mère aussi il se fâchait parce qu'elle priait, il ne comprenait pas pourquoi on priait pour un oui ou pour un non. il disait que c'était les primitifs qui priaient...

-C'est grâce à lui que tu as échappé à l'excision ? Ou bien ça ne se faisait pas au Kenya ?

-Non au contraire il était pour, lui, il voulait conserver les traditions…

-Mais l'excision ça consiste à couper le clitoris et les petites lèvres…

-Non on faisait pas ça, il voulait seulement qu'on fasse la cérémonie, pour donner l'enfant à Dieu. On faisait pas l'excision parce qu'on était chrétien. La cérémonie, on invitait tout le monde, on préparait de très bonnes choses à manger, et le rite c'était de casser deux dents de devant pour pouvoir avaler au cas ou on aurait pas pu ouvrir la bouche…

-Non mais l'excision, après, les filles elles pouvaient plus connaître la jouissance.

-Non ça c'était chez les musulmans… C'était une tradition comme la circoncision pour les garçons. Mais chez nous on nous coupait rien… C'est grâce à ma mère, que j'ai pas été excisée, pareil pour mes soeurs, elle s'y est opposée. L'excision, c'est une tradition africaine qui existe encore dans beaucoup de pays africains. Mon père il voulait qu'on suive les traditions, il s'est converti plus tard à la religion chrétienne, après avoir été gravement malade...

Il me donnait tout, mon père, il me laissait vivre dans mon monde à moi, c'est le premier homme que j'ai aimé, vraiment vrai. Je suis là aujourd'hui grâce à lui, grâce à toutes les choses qu'il m'a apportées. J'essaie de faire la même chose pour mes enfants, j'essaie de planter quelque chose dans le cerveau de mes enfants pour que demain et à l'avenir ils ont une meilleure vie. Parce que la vie est vraiment pas facile. En fait, c'est normal, parce que c'est difficile de vivre plusieurs vies dans une vie, plusieurs saisons dans une saison, chaque année ça ressemble pas à l'année précédente, c'est une rivière différente... La vie c'est comme ça, faite de saisons de joie, de paix, de réussite, sans parler des saisons de misère. Alors on se bat avec nous-même, en cherchant toujours à avoir le meilleur de nous. Ou bien contre nous-même quand les choses vont mal. Chaque chose qu'on fait c'est l'avenir qu'on construit, je n'ai que ça dans ma tête. Une fois qu'une journée est passée, elle revient jamais cette journée, jusqu'à la mort, sachant qu'une minute gagnée ou une heure ou une seconde, de toute façon c'est une victoire. Toute ta vie, cette année que tu viens de vivre, c'est oublié pour la vie entière jusqu'à la mort. En même temp, tu sais que ça se renouvelle chaque jour…

Aujourdhui je vais parler un petit peu des choses que j'aime, mes hobbies, la danse en général, lire des livres et faire de la recherche. Je fais beaucoup de recherches grâce à l'ordinateur sur tous mes hobbies, en fait tous les jours, comme un médicament que je prends tous les jours, je me pose beaucoup de questions, par exemple pourquoi est-ce qu'il y a eu un premier prophète ?…
Mais je suis aussi intéressée par les sciences, le côté biologique, physique, les mathématiques, le calcul etc.
Une chose qui est bizarre, c'est déjà que les gens ils me demandent beaucoup c'est quoi mon métier en fait ? C'est très difficile à expliquer c'est quoi mon métier parce que en vérité je n'ai pas un métier, j'ai tous les métiers du monde. Je peux faire le plus facile ou le plus dur des métiers. Je n'ai pas de limite, je ne me limite jamais. Et je suis très généreuse avec moi, même que je me félicite après chaque travail que j'ai fini. Ok mais tous les métiers du monde c'est le mien, ça veut dire tous les métiers sauf celui de la mer. J'aime pas, je suis une terrienne de la terre d'Afrique, en réalité parce que

je ne nage pas, mais j'aime tous les métiers. Je suis comme un enfant parce qu'un enfant pourra apprendre tous les métiers de tous les âges et il est prêt à tous les apprendre et à les pratiquer. Les enfants, ils sont pas comme nous, ils apprennent facilement de leur cerveau. Je suis comme un enfant avec la capacité d'apprendre facilement des choses même si c'est dur. J'ai beaucoup de patience et une grande soif d'apprendre. D'apprendre à apprendre de la vie, on a besoin de ça, de voir tout ce qui peut être positif dans la vie ou négatif dans les choses. Je développe aussi la capacité de recevoir de l'énergie positive, et surtout de transformer l'énergie négative en positive. Je dois beaucoup de ma vie à cette énergie négative que je transforme en énergie positive, alors les choses qui arrivent ça nous fait grandir dans le bonheur...

Je suis croyante, ça dit quoi ? On dit quoi en disant ça, c'est quoi, croire en quelque chose ? Je suis croyante parce que je suis chrétienne protestante et j'aime beaucoup la méditation sur et entre les religions, par exemple celle du Bouddha. Méditer sur tout, tout le temp, je parle avec mon coeur qui communique avec les esprits. Il y a deux types d'esprit, les gentils et les méchants, ceux qui peuvent faire du bien et ceux qui peuvent faire du mal... Aussi j'aime le calme, et si j'aime les esprits, c'est parce que je les commande les esprits. Comment, je n'en sais rien ? C'est calme quand ils sont dans mon coeur ou dans le coeur des autres, quand ils sont des esprits dans les autres et dans le monde aussi. Alors j'arrive à communiquer avec les esprits, en fait je m'adresse aux gens qui sont morts, je leur dis qu'ils n'ont pas leur place ici, je leur ordonne d'obéir. Et s'ils reviennent de temps en temps pour reprendre leur place, ils doivent être gentils. Je communique avec la nature aussi, par exemple avec les arbres. J'aime toucher les arbres, j'arrive souvent à en faire une source de méditation, je médite avec eux, les arbres...

Ici les choses que je suis en train de parler, c'est que les esprits, ils vivent dans tout et partout, alors chaque objet de tous les jours ils voudraient le manipuler. Par exemple, je leur dis, tu peux utiliser un objet de quelqu'un qui est "princesse" pour devenir "princesse" si tu le crois aussi. C'est très mal les choses que je suis en train de parler, mais c'est une occasion de comprendre pourquoi les esprits ils sont partout. Je leur dis d'être gentils et de pas déranger les vivants, parce que tu peux prier les gens qui sont morts, comme on fait en France pour les saints. J'ai appris ça à ma fille et aussi à la petite qui à 8 ans aujourd'hui, elle a la même capacité de faire les choses que moi...

Les gens se demandent pourquoi j'ai pas le droit d'avoir mes enfants. C'est parce que moi ici en France je suis rien, j'ai beaucoup de problèmes avec la discrimination, à cause de ma couleur de peau, parce que je suis noire. Si j'étais blanche de peau j'aurais pas ces problèmes. La discrimination ça existe beaucoup ici et partout, c'est pour ça que je suis pour la discrimination positive, pour la combattre la discrimination... Mes recherches, ça m'a aidé beaucoup à surmonter cette discrimination. Ça m'a aidé à trouver ma place dans la société parce qu'en fait j'ai réalisé beaucoup de choses dans mes recherches sur le droit des hommes en pays étranger, et aussi sur la nation de France où c'est pas facile d'aller vers les autres. C'était vraiment pas difficile pour moi, surtout au début de me relier aux gens. Pourtant je faisais des efforts, souvent j'arrivais même à être meilleure que les autres, j'avais au moins les capacités de m'ouvrir que les autres n'avaient pas.

Alors une fois que j'ai réussi à trouver ma place, je me suis dit bah, là c'est l'occasion de la chance de ma vie, et je me suis sentie comme une reine dans une société où les autres ils doivent beaucoup s'agenouiller pour exister. Pour moi, quand je me suis sentie comme ça en vraie princesse, je me suis regardée dans un miroir, et j'ai vu que mon rêve d'enfance s'était réalisé...

Chaque moment que je me regarde dans un miroir, à chaque fois, je vois mes filles. Je crois les voir, elles apparaissent comme une copie de moi. Elles, je leur dis : vous êtes des princesses parce que votre maman elle l'est déjà, je lui dis à Ashley qui a 14 ans. Battez-vous mes filles pour rester des princesses je leur dis, qui alors me répondent, oui maman, c'est vrai en fait, oui-oui-oui, c'est vrai.
Dans ma tête, je pense qu'elles croient que tout est facile, qu'il suffit de se servir d'une baguette magique. Non, elles doivent travailler encore plus dans ce pays étranger.
Mes filles, elles ne se gênent pas de me reprendre : maman, tu sens peut-être ce qui se passe mais tu es

dans ton monde à toi. C'est vrai, c'est un monde à part mon monde à moi, surtout quand il devient réalité...

Chaque fois que je pense à quelque chose, j'ai envie d'aller vers cette chose, et j'ai aussitôt et chaque fois envie de la réaliser dans ce monde. Ça me motive encore plus pour me battre, ça me motive pour être encore plus vivante, car c'est là que je deviens une princesse, une vraie princesse. Et ça c'est un défi que Dieu me donne tous les jours.

J'ai pas la place pour demain, j'ai pas la place pour les manques, l'impossibilité ça existe pas chez moi. T'inquiète pas ma tête, ça existe pas dans ma planète à moi, dans mon monde à moi tout est possible. Quand il y a une énergie quelque part, il y a un pouvoir qui nous élève davantage, alors les échecs ou pas, on devient fort, on devient plus fort.

Puis là on réalise que cette énergie qui nous reste après, c'est quoi cette énergie ? On réalise qu'elle s'appelle énergie surnaturelle. Avec elle, tu pourrais soulever toutes les planètes comme tu veux, et cette énergie-là tu peux la recevoir chez toi pour l'utiliser dans la vie de tous les jours.

Tous les matins quand je me réveille, je me regarde dans le miroir et puis je parle à mon image, je me dis : je suis la plus forte car je suis capable de beaucoup. Il y a rien qui est impossible avec moi. Même si on te donne quelque chose que tu peux pas soulever avec ta main, avec ta tête tu es capable de le faire. C'est comme un champion, il a pas le droit de faire une erreur dans sa compétition parce que sinon il perd. Si tu chantes, c'est la même chose, tu dois modifier quelque chose pour chanter comme tu ne l'as encore jamais fait un jour précédent. Je demande à mes enfants de faire la même chose...

Pour moi quand j'ai fini quelque chose, c'est que cette journée ne reviendra plus jamais dans ma vie. Alors je fais comme si j'allais mourir demain, avec toute ma force, toute ma tête. C'est pour ça que des fois ça m'arrive de craquer, mais c'est là qu'il faut surmonter la difficulté, ça devient un escalier que je dois réussir à monter.

Moi, je vois pas des exceptions qui voient des exceptions, je vois rien moi de ça, c'est comme les lunettes, tu sais quand tu mets des lunettes quelquefois tu vois certaines choses, mais les autres ils voient pas les mêmes choses que toi.

C'est comme un voile mes lunettes noires, parce que je n'ai pas envie de voir simplement. En fait ça me permet de voir les choses positives dans la vie, de voir des choses que je pourrais pas voir tous les jours normalement. C'est comme ça que tu deviens une princesse même si les autres te voient nulle, ils croient que je deviens nulle alors que je suis en train de voir un monde magique. Le monde de ma vie c'est plein de jolies choses positives, c'est pour ça que je rigole tous les jours de ma vie et que j'aime beaucoup danser, parfois en marchant dans la rue. Ou bien je danse au Parc sur l'herbe verte, ou bien chez moi à la maison quand il y a des gens, pour mes amis et ma famille...

En fait mon cerveau il travaille 24 heures sur 24, même si je dors, mon cerveau il travaille toujours, c'est impressionnant. Ce qui est incroyable, c'est que je travaille tout le temp, je dors quelque fois, mais souvent, même en dormant, je me trouve en train d'écrire. Ou en train de faire de la recherche sur les choses, des choses de la journée ou de la semaine. Des choses de la vie, même si je les connais déjà, je cherche tout de même.

Je suis une fille qui aime rêver beaucoup, comme une petite fille de 5 ans. Depuis, j'ai grandi physiquement, mais ma tête est toujours à 5 ans, parce que j'ai pas envie de grandir, j'ai envie comme une petite fille de rêver à la meilleure vie au monde. Un peu comme les émigrants qui rêvent de partir de leur pays pour manger différemment, s'habiller autrement, avoir une vie meilleure, vivre une vie de paradis perdu. C'est ça mon rêve et ça me donne envie de m'appliquer les recettes à moi-même, de tenter d'en faire l'expérience sur moi-même, ça m'aide à faire la recherche sur toutes choses…

Pour ça que j'ai pas le temp de me reposer, j'ai pas le temp de faire reposer mon cœur. Déjà quand je me réveille le matin, la première chose que je fais, c'est faire du sport et puis deuxièmement je commence à méditer. Tu commences à méditer, méditer, et puis troisièmement je me mets au travail. Je fais des peintures, j'écris des chansons, j'invente des comédies. Et puis je regarde dans les médias du monde entier, je regarde l'information et les analyses qui m'intéressent. Beaucoup, le plus possible, pour savoir qu'est-ce qui se passe dans le monde. Je regarde plusieurs chaînes de télévision sur internet, en plusieurs langues, de plusieurs pays, de plusieurs nations. Et puis, après mes recherches, je peux envoyer des messages sur les réseaux sociaux pour parler de tout, sur tous les sujets qui concernent le monde, la planète et toutes les nations. Quand j'ai communiqué beaucoup sur les réseaux sociaux, j'ai envie de mettre les planètes ensemble, de les réunir en un seul monde, de mettre tout le monde ensemble, c'est-à-dire toutes les nations. J'ai aussi envie de dire stop à la pollution, et puis j'ai envie de défendre l'écologie, et encore les droits des hommes et des femmes. Les derniers que je veux défendre c'est les droits des anciens, ça existe pas dans tous les pays. En Afrique oui ça existe et c'est pas juste une manière de dire comme quand les gens ils parlent qu'il y a les droits de l'homme par exemple en Europe et aux États-Unis où en réalité dans les faits ça n'existe pas...

Une autre chose curieuse de l'information globale, c'est que tu vois les pays où on parle de corruption, on parle beaucoup de l'Afrique en général pour la corruption, mais en vrai, ça touche tous les pays...

Le futur, c'est si un jour on pourra savoir qu'on est seul dans toutes les planètes ou est-ce qu'il y a d'autres créatures. Ma recherche répond, c'est oui, on est pas seul dans l'univers, les autres créatures ça existe. Je le sais qu'on est pas tout seul dans ce monde c'est sûr, j'en suis sûre à 100 %, parce que j'ai la preuve de beaucoup de choses, grâce à mes recherches personnelles que j'ai faites depuis plus de 10 ans, les recherches de toute ma vie, j'ai les preuves de la « surnaturalisation » de la planète par un pouvoir surnaturel.

Je parle beaucoup sur le réseaux sociaux de mes idées depuis 10 ans, quelquefois ça dérange beaucoup mais je suis pas fatiguée de les partager. Je reste jeune et une enfant pas guerrière, je préfère faire l'amour ou parler de l'amour que de parler des petites guerres qui préparent une nouvelle guerre mondiale...

Sur la planète Terre, il y a beaucoup de choses qui sont mystérieuses, mais si tu commences à les dévoiler dans ce livre... pour l'instant c'est pas le moment de parler de ça.

J'ai appris à mes enfants beaucoup de choses que j'ai fait, j'ai aussi appris à mes enfants à partager les mêmes choses. Elles et moi on pense la même chose, on fait la même chose ensemble avec mes enfants, en même temps on est trois, mais on est trois comme des enfants, on est une personne. On peut être éloignées, elles de moi et moi d'elles, mais les trois on pense en même temp les mêmes choses, on fait les mêmes choses, c'est ça qui est bien. Les enfants, avec moi, elles sont libres de faire tout... Je voudrais avoir mes enfants avec moi tous les jours, parce que je les adore tellement mes enfants, mais j'ai pas beaucoup de chance, à cause de la discrimination que je subis, aujourd'hui je n'ai pas le droit de voir mes enfants (Ashley chepchumba Kimungul 14 ans et Victoria Chepbiwot 8 ans, franco-kenyanes), elles ont pas le droit de la voir leur mère. Je ne comprends pas, je suis bien financièrement, j'ai tout pour les accueillir. Je ne peux pas habiter avec elles parce que ils donnent des raisons juridiques, ils décrètent des *bills*, en fait des prétextes pour m'empêcher de les voir. En plus aujourd'hui il y a la maladie qui tue beaucoup du monde qui s'appelle coronavirus, j'ai peur pour elles...

De l'extérieur tu comprends pas, c'est parce que la loi ici en France... ça m'énerve, c'est pas évident de parler de la discrimination... Moi je suis aussi méchante que les gens sont méchants avec moi, et je deviens gentille avec les gens qui sont gentils. Alors chacun fait ce qu'il a envie de faire...

Aujourd'hui tu es bien, mais demain, tu vas... tu vas peut-être avoir besoin des autres pour manger, tu vas avoir besoin des autres pour avoir de l'argent un peu, tu as besoin des autres pour t'en sortir. Parce que aujourd'hui tu as tout, demain si tu as plus rien, qu'est-ce que tu peux faire pour manger, à part aller demander de l'aide ? Il faut qu'on apprenne à nos enfants à partager un peu, à travailler un peu pour les autres... Je dis pas que moi j'ai travaillé tout le temp pour les autres depuis mon enfance... En fait quand on pense aux autres, il faut penser à demain.
Et puis je suis allée dans l'endroit le plus secret et le plus sacré du monde. Déjà j'ai étudié toutes les religions du monde, et je connais tout le secret de tous les pays et des continents, parce que je fais mes recherches depuis 10.000 ans au moins. Je travaille beaucoup sans

être fatiguée parce qu'avec tout ce que je fais, ça me rapporte des fruits et je mange ces fruits...

Comme pour un marathon il faut faire beaucoup d'entrainement pour décrocher une heure de gloire, la médaille d'or, et en plus gagner de l'argent. Pour cela, il faut beaucoup de patience, beaucoup d'endurance, beaucoup de mental, et aussi faire une recherche de stratégie et de technique. En tout, c'est beaucoup de sacrifices, la compétition est sans pitié, tu vas tout gagner ou perdre en une minute. Il y a des compétiteurs plus forts, plus intelligents et plus stratégiques que toi. Il y a aussi tes fans qui t'attendent, qui ont envie de te voir gagner et qui t'encouragent chaque jour. Et il y a ceux qui travaillent avec toi pour te faire gagner, ton manager, ta famille, tes amis, ta nation et le drapeau de ta nation, alors tu calcules tout avant, le présent et le futur. Moi ça me va, j'ai une vraie horloge interne, alors je calcule tout...

Pour moi aujourd'hui le présent et le futur c'est inséparable parce que le présent est en train de construire le futur. L'ancien aussi il est pour construire le futur. Un bon exemple c'est la famille réunie toute ensemble. Ici je parle des familles royales de toute la terre, et des valeurs de la famille... Mais notre société n'a plus ses valeurs du passé, il n'y a plus de respect des jeunes envers les vieux et même envers les moins vieux... Les parents, il ne donnent plus de bonne éducation pour leurs enfants, et les enfants ils respectent plus leur parents, même parfois il les humilient leurs parents devant leur famille. Alors si on ne fait rien ça va empirer et empirer encore.

Aussi je parle de discriminations en général ici, en Europe, sur l'âge, la couleur de peau, le handicap, la sexualité, le travail, l'homophobie etc. On a encore beaucoup de chemin à faire pour changer tout ça, je n'oublie pas les problèmes de l'immigration. Dans le futur, c'est le problème majeur sur quoi nos politiciens doivent travailler ensemble pour trouver des solutions. Une autre chose, il faut apprendre aux enfants l'écologie et les problèmes de pollution dès l'âge de 6 ans. Aussi il y a le problème du terrorisme dans le monde et des guerres de religion un peu partout comme au Liban et en Israël...

La solution c'est d'avoir une seule nation, une nation mondiale pour résoudre la discrimination, le racisme, la pollution, le climat, l'économie mondiale, le terrorisme, la guerre froide ou tout type de guerre. Pour moi c'est un rêve à réaliser, c'est un défi à transformer notre planète, c'est beaucoup d'efforts.

En 2020 on a appris beaucoup de choses avec le coronavirus. Une chose que j'ai apprise personnellement, c'est qu'on est tous concernés, les riches ou les pauvres, les gens de toutes les couleurs, hommes ou femmes, jeunes ou vieux, de toutes les religions, tribus, continents, nations. Alors on devrait avoir une Mecque mondiale pour réunir toutes les religions et toutes les familles royales et toutes les familles princières de Saudi Arabia, d'Europe et des continents africain, américain et asiatique, pour faire une seule religion et une seule nation. Parce que tu as un seul Dieu, le créateur de tous les êtres pour nous tous, lui qui nous guide afin de protéger la planète pour l'éternité, alors ma vie et la vie de toutes et tous les êtres de chacun, c'est très important.

Je pense que Dieu il nous aime beaucoup parce que moi personnellement j'ai déjà vu Dieu en action, j'ai vu ses miracles partout sur la planète ici en France et au Kenya, depuis que je suis toute petite. J'ai vu Dieu en action faire beaucoup de grands miracles et aujourd'hui je suis une preuve vivante des miracles de Dieu parce qu'il m'a guérie, moi qui a été malade depuis que j'étais petite. Je l'ai vu guérir des gens mourants, bénir des gens sans espoir, j'ai vu sa lumière personnellement, moi Dianah Ngaina (YouTube, mon premier album « dianah ngaina youtube thank you jesus »). Ici je dis merci à Dieu afin de lui rendre grâce de tous les miracles qu'il a fait depuis des années dans ma vie et dans la vie de ma famille et de celle de mes amis et de tous ceux qui étaient connectés à ma vie. Leur vie a changé automatiquement, j'en ai beaucoup de preuves…

Dans notre société les femmes sont moins bien représentées que les hommes. Je voudrais que tout ça change, par exemple qu'un homme directeur ne gagne pas plus qu'une femme directrice. Et moi comme femme je me bats pour les droits des femmes, pour qu'elles soient à égalité avec les hommes. Et aussi pour que soient reconnus les droits des enfants en même temp que les droits de tous les humains et les humaines.

On doit tout changer, tout de la planète entière carrément. Quand on vote pour les élus c'est pour qu'ils nous représentent comme citoyens, donc ils devraient se mettre à notre service. Puisque c'est nous qui les choisissons, ils doivent en échange être à nos ordres comme nos esclaves... Si on fait rien maintenant pour changer tout, on n'aura rien fait pour les générations à venir.

Ce livre, c'est une manière de m'exprimer autrement et c'est aussi un miroir de moi et des autres pour avant, maintenant et après. Et pour dans quelques années parce que par exemple il y a beaucoup choses que j'ai prédit ou dont j'ai donné prophétie à ma famille il y a quelques années déjà et qui pour beaucoup se sont accomplies. Beaucoup d'entre elles ont étonné ma famille, mon village et ma nation. En fait je vois en avance, j'ai une vision précoce des choses, c'est la vérité que je te dis.

Par exemple, je trouve normal que les gens proches de moi, ils comprennent par exemple l'avant coronavirus autant que l'après coronavirus, alors que les autres gens ils ne croient plus à l'avant et ils imaginent pas l'après. C'est vrai, personne n'était préparé, même pour moi ça a été une grande surprise, mais comme je connaissais chaque étape à venir, je me suis laissé porter par la situation et son déroulement... C'est la vérité des choses que je te dis. Si les gens m'avaient écouté, je pense que les choses se seraient passées autrement.

A la mort de mon père, quand je suis retournée au Kenya, ma famille était toujours là pour moi, elle m'a beaucoup encouragée et a prié pour moi. La vie de tous les jours était pas simple au Kenya, parce que ma belle mère Angeline a cherché à m'éliminer. Il fallait qu'à chaque instant je déjoue ses pièges. Heureusement, sans qu'elle s'en rende compte, je les découvrais avant qu'elle les déclenche, pas très maline en fait...
Au retour en France, ça a été terrible, tout le monde s'était ligué contre moi, mes frères et sœurs et aussi mes amis m'ont abandonnée. Il y a eu de fausses accusations, et j'ai été forcée de les signer ces accusations qui étaient fausses, il fallait que je signe ou sinon j'allais en prison... Mes enfants étaient privés de leur parents respectifs, j'ai été obligée d'accepter de signer que je ne chercherai pas à voir mes enfants, et même de jurer que je ne voulais carrément pas les voir,

obligée de l'écrire par la juge de Bobigny, et de signer... A cause de ça, mes terrains et mes biens au Kenya ont été pris par mes frères et soeurs, et tous mes business. Et aussi à cause de ce qu'on ne s'était pas marié par le mariage traditionnel africain avec le deuxième papa. Et parce que je fréquentais des blancs, oui surtout ça, on m'accusait d'aimer les blancs. Pour moi c'était dur, j'ai tout perdu, même ma mère biologique, elle voulait plus de moi. J'étais seule au monde, et comme mes enfants étaient manipulées mentalement par la justice et ses juges, j'avais plus le contact avec elles, donc j'avais plus de contact avec les êtres humains. La seule chose qui me restait était de me tourner vers lui, Dieu le créateur, ou bien de choisir le suicide.

Je décide de me battre pour mes enfants, j'entreprends de jeûner et de prier. Et puis je me pose beaucoup de questions sur la vie. Et là Dieu, il apparait devant moi. Aussitôt j'ai été pris dans l'esprit, conduite au ciel, là-bas, j'y suis apparue physiquement, j'ai vu Dieu lui même, les trônes de Dieu et toutes les administrations dans le ciel et la terre. Là, Dieu il parle, je lui demande le pardon, il me dit qu'il m'a vu pleurer et qu'il a entendu ma prière. Alors il m'a confié une mission pour le représenter sur terre. Il m'a donné le pouvoir grâce à une couronne invisible en or pour me protéger sur la terre, ainsi personne ne serait plus forte que moi sur terre. Et puis il m'a dit qu'il va détruire la terre. Je lui ai dit là-bas sur terre il y a mes enfants Ashley kimungul 14 ans et Victoria Chepbiwot 8 ans, et puis des gens fidèles comme Beny hni, Bonkee et Joel, je lui dis, ne détruis pas ce peuple que tu as créé avec tes propres mains. Alors il m'a donné autorité sur le ciel et la terre et sur tous ceux qui s'y trouvent...

Après beaucoup de choses de tous les jours que je devais faire pour rester fidèle à son image sur terre, Dieu m'a confié la mission de faire une nouvelle alliance avec son peuple, en créant la Mecque mondiale en France. Et il m'a ordonné de réunir ainsi toutes les nations ensemble afin d'amener la paix universelle. Je lui dis merci parce je rêve de faire ça depuis des années, et mes enfants aussi, mais j'avais jamais eu ni eux l'opportunité de le faire. Quand je suis redescendu sur terre, j'avais beaucoup changé mais je savais par où commencer et comment faire comprendre tous ça aux gens.

Alors ma vie a changé, ma vie a beaucoup changé, j'ai appris beaucoup de choses sur moi-même et sur les autres et sur les rapports avec les autres, comment leur parler par exemple. Sur ma relation avec ma famille, mes collègues de travail, mes voisines, mes amis et, avant tout, mon lien avec mes enfants, le plus précieux, mes trésors.

Hélas, des gens, ils ont parlé mal de moi sur mes enfants. Ils ont dit que j'étais une mère indigne, et aussi que j'étais pas sérieuse et pas responsable, que j'avais pas les moyens d'élever mes enfants Chumba Kimungul 14 ans et Victoria Chepbiwot 8 ans. Tout ça est faux, ce sont de fausses accusations faites contre moi et ma famille par des menteurs, ce sont des menteurs, tous. Ils ont fait ça pour que j'ai pas les enfants et pour gagner de l'argent sur mon dos...

Barbie est une poupée que j'adore, je la regardais sur l'ordinateur quand j'étais *babe*, aujourdhui vivre cette vie de rêve de ''Barbie princesse'' est magique. J'adore le rêve et par dessus tout les rêves que je rêve dans la réalité. J'adore cette chance de petite fille que j'ai toujours conservé de vivre les rêves dans la réalité et je veux en remercier Dieu comme *queen* de Dubaï, d'Afrique, d'Europe et de France.

Durant toute mon enfance je me suis battue pour avoir ma place de grande, et pour pouvoir vivre tous mes rêves. Je suis encore une enfant dans ma tête, et je vis toujours dans mon enfance comme un rêve magique.

6/11/2020 : Aujourdhui, c'est un jour pas comme les autres parce que j'ai beaucoup de nouvelles choses qui se produisent, du bonheur et aussi de la tristesse. Mais je préfère être positive et parler d'abord des choses positives qui m'arrivent en France. Waouh !!! Je suis tombée amoureuse d'un prince de Dubai, Ham dan fazza, et je vie ma vie comme une vraie *queen of the world* et même comme une reine des planètes…

Dans le même temp, je voulais réaliser un nouveau film africain, j'en ai déjà réalisé plusieurs, j'avais travaillé dur sur des scenarios mais je découvre qu'on me les a volés. En plus les producteurs, ils m'ont pas payé entre 2008 et 2013....

J'apprends aussi que tous les dessins que j'avais fait à l'école d'art de Marly, en préparation du film, ont été perdus dans leur déménagement, l'école a disparu avec tous mes dessins...

Et puis ,je ne sais pas si je vais retrouver mes terrains au Kenya ni s'ils me seront rendus un jour...

Mais j'ai compris que je suis à la fois une victime et une actrice de mes actions, en même temp, les deux, je suis les deux. Alors maintenant j'ai réussi à tourner la page et je vois le bon côté des choses pour ma génération et aussi pour celle de mes enfants...

Dans la tradition, le principe de base est qu'il faut obéir aux parents. La volonté de mon père était que je rentre au pays et que je fasse de la politique comme lui, pour devenir son héritier en politique. Je n'ai pas obéi, après j'en ai reçu beaucoup de conséquences négatives à payer. Quand j'ai eu mes enfants je voulais surtout pas avoir les mêmes soucis. Je leur ai appris qu'il fallait obéir à leurs parents.

Mon premier mari voulait que je rentre au Kenya et c'était aussi la volonté de mes parents que je revienne, alors comme je ne suis pas rentrée, ils m'ont déshérité.

Après une année, je me suis réconciliée avec eux. Mais j'étais pas contente parce que j'étais encore et toujours célibataire, même si j'avais maintenant beaucoup de forces surnaturelles en moi…

Être *queen*, c'est tout un travail, un vrai travail de fond, d'abord il faut faire beaucoup de travail de recherches, c'est facile grâce à internet et à beaucoup de livres, de dictionnaires et d'encyclopédies du monde entier. Mais c'est très difficile de trouver des solutions à tous les problèmes de tous les êtres humains, physiques, biologiques, chimiques, géographiques, religieux, artistiques… Je fais aussi de la recherche sur les traditions et les cultures des différents pays de tous les continents de la planète, Et encore de la recherche sur l'astronomie, le journalisme, les mathématiques et la photographie. J'achète beaucoup de matériels de recherches ou bien je me rends dans des bibliothèques pour consulter des livres.

Je vais aussi dans la nature pour retrouver des éléments qui me permettent d'étudier facilement, sans avoir de stress. Chaque jour je communique avec des sites de plusieurs pays pour trouver des solutions ensemble.

Ma vie mystère, mes amis, mes amants, mes amoureux ne la connaissent pas, c'est une identité que je connais seule...
Pourtant depuis des années j'ai été accompagnée par ma famille, mes amis, mes amours, mes enfants et beaucoup de gens dans mes recherches, alors je veux les en remercier beaucoup car c'est grâce à eux que je suis aujourdhui vivante.

Moi, Vip reine internationale, *queen planet* bin hope Pope hamdan Ngaina neuno cheruiyot mariée avec le prince de Dubaï Fazza hamdan planet.

(fin)

Sa vie mystère

un livre de
Dianah Cherop Ngaina
et
Jean Pierre Ceton

Édition originale